F. Peters

Die Burg-Kapelle zu Iben

Antigonos

F. Peters

Die Burg-Kapelle zu Iben

Unveränderter Nachdruck der Originalausgabe von 1869.

1. Auflage 2024 | ISBN: 978-3-38614-721-7

Antigonos Verlag ist ein Imprint der Outlook Verlagsgesellschaft mbH.

Verlag: Outlook Verlag GmbH, Zeilweg 44, 60439 Frankfurt, Deutschland, info@outlook-verlag.de
Vertretungsberechtigt: E. Roepke, Zeilweg 44, 60439 Frankfurt, Deutschland
Druck: Libri Plureos GmbH, Friedensallee 273, 22763 Hamburg, Deutschland

DIE

BURG-KAPELLE ZU IBEN

VON

F. PETERS

KREISBAUMEISTER IN WETZLAR.

MIT 3 LITHOGRAPHIRTEN TAFELN UND 3 HOLZSCHNITTEN.

FEST-PROGRAMM

ZU WINCKELMANNS GEBURTSTAG

AM 9. DECEMBER 1869

HERAUSGEGEBEN VOM

VORSTANDE DES VEREINS VON ALTERTHUMSFREUNDEN IM RHEINLANDE.

BONN, 1869.

GEDRUCKT AUF KOSTEN DES VEREINS.

DIE

BURG-KAPELLE ZU IBEN

VON

F. PETERS

KREISBAUMEISTER IN WETZLAR.

MIT 3 LITHOGRAPHIRTEN TAFELN UND 3 HOLZSCHNITTEN.

FEST-PROGRAMM

ZU WINCKELMANNS GEBURTSTAG

AM 9. DEC EMBER 1869

HERAUSGEGEBEN VOM

VORSTANDE DES VEREINS VON ALTERTHUMSFREUNDEN IM RHEINLANDE.

BONN, 1869.

GEDRUCKT AUF KOSTEN DES VEREINS.

Vorwort.

Nach der Bezeichnung unseres vorjährigeu Programms als erste
Abtheilung „des Hildesheimer Silberfundes" durften die Mitglieder
unseres Vereins mit vollem Recht voraussetzen und erwarten, dass
am diesjährigen Winckelmannsfeste eine zweite Abtheilung dieser Schrift
ausgegeben werde. So war es auch mit dem Herrn Verfasser ver-
abredet. Dass derselbe sich zu einer plötzlichen Aenderung dieser
Verabredung veranlasst sah und uns davon erst Anfang October Mit-
theilung wurde, machte es unmöglich eine weitere, das bereits Ge-
gebene ergänzende Veröffentlichung über den Hildesheimer Schatz
für dies Jahr ins Werk zu setzen. An Anstrengungen und Opfern
hierfür hat es der Vorstand nicht fehlen lassen und noch bis Mitte
November durfte er vom Herrn Obersten von Cohausen eine Arbeit
erhoffen, als diesen plötzlich dienstliche Veranlassungen von seinem
Wohnort nach Schlesien abriefen.

So möge man denn als diesjährige Festgabe ein kleines Monument, welches zwar nicht erst dem Schoosse der Erde entzogen zu werden brauchte, aber über derselben bisher unbeachtet blieb, freundlich aufnehmen. Für die Geschichte der Verbreitung des Spitzbogenstils aus der französischen Heimath ins deutsche Land, wie für die Entwickelung dieses Stils überhaupt, darf es, ungeachtet seiner bescheidenen Grösse, immerhin einige Bedeutung beanspruchen.

Bonn, im December 1869.

Der Vorstand des Vereins von Alterthumsfreunden im Rheinlande.

In dem stillen und abgelegenen Appelthal, welches vom Donnersberg ausgehend nach Norden sich erstreckt und bei Ippesheim in das Nahthal mündet, liegen in einer grossen Wiesenfläche von waldbedeckten und weinumrankten Hügeln umgeben, einsam die geringen Reste des ehemals Raugräflichen Schlosses I b e n.

Heute ein grosses Bauerngehöft innerhalb alter Mauern und noch von versumpften Gräben umgeben, würde diese Thalburg ganz in Vergessenheit gerathen sein, wenn nicht in ihrem Innern die Reste einer Kapelle enthalten wären, ein wahres Juwel der frühgothischen Bauweise und ein Meisterwerk der Steinmetzkunst.

Ueber die Geschichte dieser jetzt im Hessischen liegenden, nahe der rheinbairischen Grenze, und 2½ Stunden von Kreuznach entfernten Thalburg ist zur Zeit nur wenig bekannt.

Einestheils erscheint die Geschichte dieser Gegenden überhaupt im Mittelalter sehr verwickelt, weil hier eine ungemeine Parcellirung reichsunmittelbarer Gebiete neben einander lag, und die Besitzungen oft ausgetauscht und vererbt wurden, anderentheils sind die Archive der früheren Dynasten nunmehr in alle Welt zerstreut und wohl auch vernichtet.

Der Güte des Herrn Baumeisters P. Engelmann in Kreuznach, der viele Nachrichten über die Localgeschichte der dortigen Gegend gesammelt hat, verdanke ich das Meiste der nachfolgenden Notizen über das Schloss zu Iben, welche ich nur durch weniges Baugeschichtliche zu ergänzen vermag.

Die Thalburg zu Iben wäre demnach zu Anfang des 13. Jahrhunderts von den Raugrafen bei ihrem nahen Burgsitz zu Neubaumburg angelegt und darauf dem Erzstift Trier im Laufe der Zeit zu Lehen übertragen worden. Denn 1342 empfing Raugraf Ruprecht VII. von Altenbaumburg vom Erzbischof Balduin „die Veste Yben by Nuwen Beymburk mit den Begriffen" zu ledigen Lehen. Der Raugraf gab dann die Veste 1349 wieder an Simon von Waldeck zu Afterlehen.

Im Jahre 1553 starb der Letzte von Waldeck, genannt von Iben, und hinterliess mehrere Töchter. Durch diese kam Iben an das Geschlecht deren von Kronberg, welche die Burg wohl umbauten, wie die an dem Renaissance Portal des Treppenthurmes an dem jetzt zerstörten westlichen Flügel stehende Jahreszahl 1590 bekundet. Kurz vor der französischen Revolution besass sie die Familie von Schmidburg.

Wie schon früher erwähnt, ist von alten Resten der Burg kaum noch etwas Bemerkenswerthes ausser der Kapelle vorhanden. Diese selbst mit dem Thurme datiren aus der Mitte des 13. Jahrhunderts, wofür die Steine sprechen, die frühgothischen Profile der Fenster, die schweren und tief unterschnittenen Abaken der Kapitäle und ihr frei gearbeitetes weit abstehendes Blattwerk, so wie sonstige Anzeichen aller Art. Offenbar setzte sich der ursprüngliche Kapellenbau weiter nach Westen fort, denn die jetzige später eingefügte westliche Abschlusswand steht unter einem kräftigen Gurtbogen, dessen als Stütze dienende äussere Dreiviertelsäulen noch Spuren eines westlich vorspringenden Rippenansatzes tragen, wie auch am Thurme der Ansatz des alten Daches nach Westen zu noch zu sehen ist. Die Kapitäle dieser Dreiviertelsäulen tragen aber augenscheinlich den Stempel einer früheren Zeit, die nach der vorliegenden Zeichnung etwa die zweite Hälfte des 12. Jahrhunderts sein dürfte. Es ist möglich, dass der, jedenfalls nicht grosse westliche Theil bei dem Neubau des Schlosses im Jahre 1590 abgebrochen wurde.

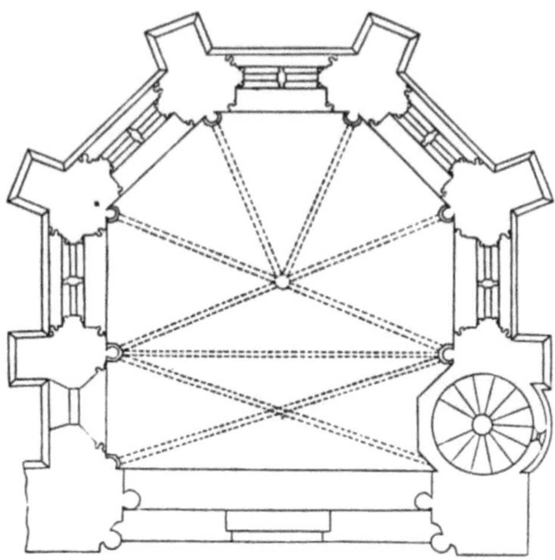

Die jetzt noch stehende Kapelle hat nur 21 Fuss innere Länge bei 16 Fuss Breite und 26 Fuss Höhe. Sie ist aus wetterbeständigen, bildsamen und festen Sandsteinquadern erbaut, ein ausgezeichnetes Material, wahrscheinlich aus dem benachbarten Flonheimer oder Münsterappeler Sandsteine.

Trotz dem, dass seit Jahrzehnten das Dach der Kapelle fehlt, haben die Gewölbe dem Einsturz Widerstand geleistet, und an dem sicher über 600 Jahre alten Thurm, der eine Wandstärke von nur 5″ und im Helm sogar von nur 4½″ hat, ist kaum eine Spur von Verwitterung zu entdecken.

Unsere beifolgenden Tafeln geben die Ansicht (das Dach ist restaurirt), den Längenschnitt und einige Details dieses durch die Schönheit seiner Verhältnisse, die Kühnheit der Construction, so wie durch die ungemeine Präcision und Vollendung der Steinhauerarbeit sehr bemerkenswerthen Restes frühgothischer Baukunst in Deutschland.

Die ganze Anlage hat auffällig viel Aehnliches mit den Kirchen- und Kapellarbeiten des 13. Jahrhunderts in der Heimath des Spitzbogenstils der Isle de France und der Champagne. Die sehr reichen und mannigfaltigen Kapitäle gleichen denen der St. Chapelle zu Paris und sind an und für sich von ganz ausgezeichneter Arbeit. Wahrscheinlich haben wir es hier mit einem Bau zu thun, der in der ersten Hälfte des 13. Jahrhunderts zu den Erstlingen der reinen gothischen Baukunst in Deutschland gehört und sich, wie die Liebfrauenkirche in Trier, die Kirche zu Offenbach am Glan und

Andere auf französischen Einfluss zurückführen lässt und gleich diesen
den direkten geographischen Weg bezeichnet, den die gothische Baukunst — abgesehen von ihrem sporadischen Auftreten — aus Frank-
reich nach Deutschland nahm. Hierin liegt eine besondere Bedeutung
der Kapelle zu Iben, und wäre es desshalb doppelt wichtig in
den Trierer Archiven nach ihrer Geschichte zu forschen.

Ganz originell und meines Wissens ohne ein ähnliches Beispiel
ist die Construction des Mittelthurmes: er steht über dem Triumph-
bogen zwischen Schiff und Chor, ist ganz massiv, hat einen inneren Durchmesser von 6′ 4″ und sitzt ganz frei auf der nur 2′ 10″
breiten Uebermauerung der erwähnten Gurt.   Nach nebenstehender
Skizze sind hier nur 6 Kragsteine von 6″ und 7″ Dicke quer über

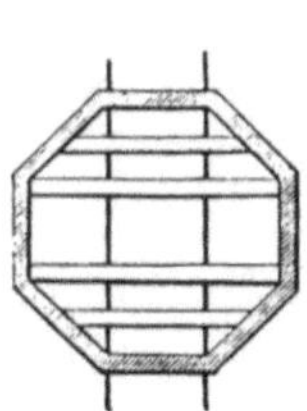

die Mauer gelegt und tragen die achteckige
Umfassung des Thurmes. Die beiden inneren
Kragsteine sind Platten von 7′ 3″ Länge, 1′ 9½″
Höhe und 7″ Dicke und werden, wie aus dem
Durchschnitte zu ersehen ist, noch durch schräge
Steinstützen nach unten auf weiter abwärts vor-
stehende, kleinere Kragsteine nach Art der Kopf-
bügen bei Holzwerk gestützt. Die Quadern
welche die Umfassungswände des Thurmes bilden, sind wie erwähnt, nur
5½″ dick und genau auf einander gefügte horizontale Schichten von
1′ 8″ bis 2′ 2″ Höhe. Der Halt ist dadurch gegeben, dass jeder
Quader immer auf zwei Seiten des Thurmes aufruht und die Steine
im Grundriss folgende Form erhalten.

Auf diese Weise ist der achteckige Theil des Thürmchens incl. der Fensterreihe c. 12′ hoch construirt und folgt ein auf gleichen Principien aufgeführter Helm aus nur 4½″ dicken Platten, welcher weitere 16½ Fuss aufragt und mit einem eigenthümlichen Knospenknauf schliesst. Die Auskragungen zur Stütze des Thurmes lagen früher in dem Dach verborgen. Wie bei den Kapitälen mehrfach das Blattwerk der Traube als Ornament angewendet ist, so auch ist das Hauptgesims mit Traubenblatt verziert. Unter den Fenstern des Chors sind reich profilirte Piscinen in Nischen angebracht. Eine der letzteren dürfte früher eine Thür gewesen sein; sie ist jetzt vermauert und liegt an einem ebenfalls verschwundenen Anbau an der Seite, von dem noch Gewölbeansätze und ein Consol übrig sind, und der vielleicht zu einer kleinen Sakristei bestimmt war.

Im Interesse der Kunst wäre es gewiss sehr zu wünschen, wenn dieses kleine aber in sich vollendete Bauwerk erhalten bliebe und wieder ein Dach und Fensterverglasung erhielte. Es dient jetzt als Holzremise und die prächtigen Kapitäle sowie die reichen Profilirungen laufen täglich Gefahr durch Holzstämme oder Beilhiebe beschädigt zu werden. An den Kapitälen sind noch die Spuren der Vergoldung und Bemalung zu sehen. Der Altar ist nicht mehr vorhanden und der ehemalige Fussboden mit Schutt bedeckt.

Bonn, Druck von Carl Georgi.

Chor-Ansicht der Capelle zu Jben.

Längen-Durchschnitt der Capelle zu Jben.

Festschrift des Vereins v. Alterthumsfr. im Rheinl.
zum Geburtstage Winckelmanns am 9. Dez. 1869.
Fenster-Profil u. Ansatz der Gewölbrippen.
Capital der ¾ Säulen im Chor, doppelter Maafsstab.
Capital unter der Thurmwand.
Basis der ¾ Säulen im Chor

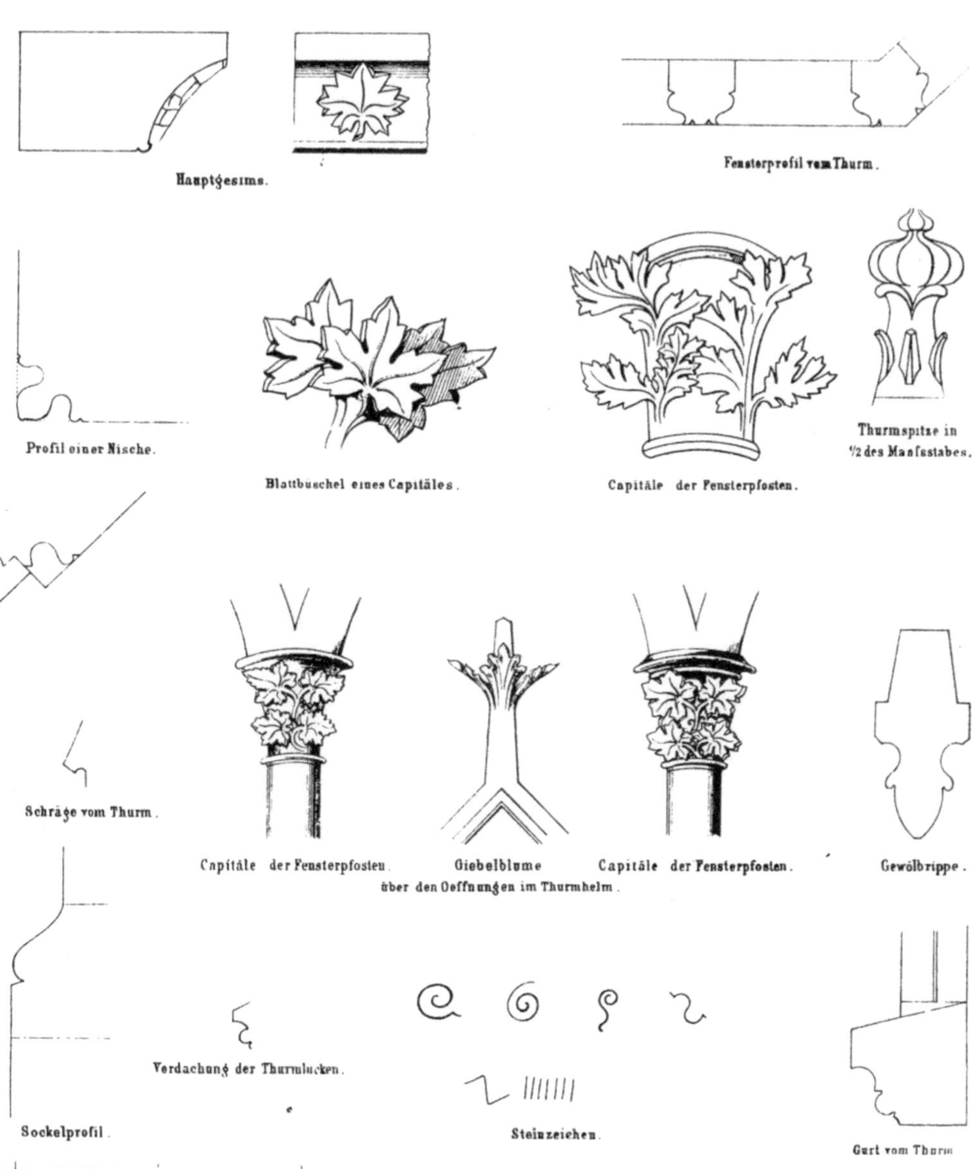

Hauptgesims.
Fensterprofil vom Thurm.
Profil einer Nische.
Blattbuschel eines Capitäles.
Capitäle der Fensterpfosten.
Thurmspitze in ½ des Maassstabes.
Schräge vom Thurm.
Capitäle der Fensterpfosten.
Giebelblume über den Oeffnungen im Thurmhelm.
Capitäle der Fensterpfosten.
Gewölbrippe.
Verdachung der Thurmlucken.
Sockelprofil.
Steinzeichen.
Gurt vom Thurm.
Fuss rhein.